盛放的樱花

朱杰 / 著

上海社会科学院出版社

序言

杨绣丽

20世纪70年代出生的朱杰,温文尔雅,彬彬有礼,有一种上海年轻绅士的做派;他笑容可掬,做事细致精到,透露着他长期从事工会工作的职业风范。可是,他出生在新疆,是个上海知青一代的"小新疆",这个情况我倒是刚刚知晓。近日,他把新整理的诗集《盛放的樱花》发我,请我作序,盛情难辞,在此,就容我品览分析下他的作品。

《盛放的樱花》一共有四个专辑。第一辑《生命吟唱》,开篇就是写父亲的。《走过的路》一诗写:"长街的尽头/是年迈父亲的身影/没有晚年得子的喜悦/写满疲惫的风霜/他想替孩子避开前方风险/他想多陪伴孩子走好人生的路/但他忘却了/有些苦/孩子必须吃/有些路/孩子必须自己走。"这首小诗娓娓道来,让我想起朱自清《背影》中的父亲,晚年得子的父亲,写满疲惫的风霜,所有的父爱都是共性的,所有儿子对父亲的深情也是相似的。在《生命吟唱》里，有光阴的嗟叹，有纸短情长的柔软心性，有余生年华的感喟……

第二辑《灯下漫笔》中，则有他墨香的记忆和暗香浮动的花季梦想。在作品《岁月针脚》里，他在冬日的公交站台，看到"车站边/一对步履蹒跚的老者/相互搀扶着走来/阳光映照在他们的银发/如此矍铄/没有玫瑰的浪漫/海誓山盟的矫情/但爱早已被/细密的/岁月针脚/缝合成/一件贴身的衣服"。我特别喜欢这首诗。它在不经意间道出了爱的真谛，质朴自然的比喻，显示出直白真挚的美。这不由让我想起汪国真的诗歌。汪国真诗歌中清丽婉转、直白通晓、饱含情感的艺术特点，在朱杰这首《岁月针脚》中也能体现出来。在朱杰早期的诗歌里，我能感受到汪国真诗歌的影响。

在这本诗集中，第三辑《生活感悟》中的诗歌，也同样有类似的特点。特别是《剧本》这首诗，精练又富有哲理。"人生的剧本/不是你父母的续集/不是你子女的前传/不是你朋友的外篇/生命中最难的阶段/不是没有人懂你/而是你不懂你自己。"这首诗短小凝练，通过富有智慧的哲理，来揭示人生的奥妙。"不识庐山真面目，只缘身在此山中。"人，要懂得自己，要认识自己，才能演好自己的剧本。还有《向往》一诗中"其实人/像树一样/越是向往/高处的阳光/它的根/就越要伸向/深深的土壤中"这些句子,来自对生命的思考,有凝重的思索。诗,需要抒情,也需要有哲思和理趣,透视万事万物,去揭示事物的本质,这样的诗,就不会显得轻飘,句子虽短,却能显现出庄重的模样来。

在这四辑中,越读到后面,其实越能发现作者写作的成长。第四辑《魅彩起跃》是能看出作者的写作范围在扩大,他从书写个人的感悟延伸到描绘广阔的社会空间。他写《苏河圆梦》,开始有了气势的逶迤,"你是一泓来自太湖之滨的纵贯线/托举起大唐盛世的荣耀""你是一眼来自母亲河的深情凝望/见证了车船辐辏万商云集的变迁",他歌颂"生生不息的苏州河","勃发着生命的绿色",他赞美"半马苏河","体验着历史与潮流的碰撞"。这样的诗句,已经褪去了"小我"的框架,而潜入一种博大情怀的进行时态。对于时代的关切,从细微处书民生,从生活的洪流中捕捉创作灵感。这是诗人的情怀,更是诗人的担当。而在《玉石香的灯光》这首诗歌里,我读到了来自新疆这片广阔土地的温情和温暖的灯火。我终于明白朱杰写这首诗歌的情衷,那片曾孕育过他生命的土地,"从天山南麓到长江入海口""从祖国西陲到东海之滨"。他愿意动情地去赞美它,并且赞美那片土地的人民。他愿意用诗歌去赞美那"十万只星夜赶制的营养馕",赞美那"玉石香合作社的灯光"和"沪疆共建新篇章"。这样的诗歌,是充满情怀的,是能打动人心的,它建立在厚实的土壤之上,向广阔之处挖掘涌动的清流。

三月花开,清溪流淌,樱花盛放,诗意远扬,期待朱杰在诗歌的道路上越走越广阔。

是为序。

(作者系上海市作家协会创作联络室副主任、诗歌委员会副主任,上海诗词学会副会长)

目 录

第一辑 生命吟唱

走过的路	3
掸落尘埃	4
发现春光	5
光阴深爱	6
浮沉之间	7
浮华云烟	8
光阴嗟叹	9
红尘里	10
回眸	11
一米阳光	12

生活减法	13
锦瑟	14
经年	15
灵魂	16
陪伴	17
真正的朋友	18
交际圈	19
回忆识海	20
遇缘	21
吞噬	22
挽留	23
当	24
纸短情长	25
柔软心性	26
生命吟唱	27
修行	28
余生年华	29
人生厚度	30
下落的时间	31
正直的尊严	32
突然的自我	33

第二辑 灯下漫笔

深秋的夜
  ——小雪节气有感　　　　37
此情可待　　　　　　　　　　38
暗香浮动
  ——记素珍表妹　　　　　39
陪伴
  ——街头散步有感　　　　40
信人生
  ——观莫奈名画《船》有感　41
岁月针脚　　　　　　　　　　42
墨香记忆
  ——参加尔雅集会心得　　43
今朝　　　　　　　　　　　　44
看待　　　　　　　　　　　　45
留点空隙　　　　　　　　　　46
人生苦旅
  ——读余秋雨《文化苦旅》有感　47
花季梦想
  ——写给新疆天山姑娘　　48

3

一念	49
越明年	
——春运季有感	50
向前看	51
小径	52
笑颜	
——邻家喜添千金有感	53
你若	
——读林徽因《你是人间的四月天》有感	54
信仰之跃	55
偏安一隅	56
直播精彩	57
总在想	
——参加禅意冥想有感	58
品茶	59
苦行僧	60
典当行	
——参观上海元利当铺旧址有感	61
风筝的心	
——漫步苏河步道纪实	62
涵养	63

节庆日 64
失与得
　　——观话剧《活着》有感 65
惊喜
　　——儿子收到大学录取通知书有感 66
宽容
　　——观音乐剧《剧院魅影》有感 67
心灵静美 68
路口等 69
明察
　　——阅读《人间词话》小记 70
人的品级
　　——阅读《菜根谭》有感 71
情愫
　　——游览燕子矶随笔 72
人心 73
高低之间
　　——观电视剧《家有九凤》偶感 74
时间时节 75
守心如一
　　——观电视剧《中国式离婚》有感 76

第三辑　生活感悟

安暖	79
本色	80
必然	81
初心	82
过槛	83
呼吸	84
镜子	85
剧本	86
面子	87
清宁	88
身影	89
相遇	90
向往	91
心寒	92
学问	93
雪梦	94
野花	95
倚窗	96
岁朝	97

岁月	98
握沙	99
心房	100
印记	101
珍惜	102
证明	103
总有	104

第四辑　魅彩起跃

毛衣	107
相约	110
乡情	112
孟夏吟	114
追梦人	118
山海情（组诗）	122
平凡最美	124
苏河圆梦	126
春天的问候	130
青春上海	132
拉格比畅想曲	139
遨游彩虹鱼	142

米的欢歌（沪语）	145
魅彩在风中起跃	148
有爱，不灭的希望（组诗）	150
马兰花盛开的地方	155
筷箸乐　享寰宇	160
一滴水的坚毅	162
前行的方向	164
爱的箴言	167
玉石香的灯光	172
思念的雪	176
在朗赢的空中飞翔	181
后记	185

第一辑

生命吟唱

走过的路

长街的尽头
是年迈父亲的身影
没有晚年得子的喜悦
写满疲惫的风霜
他想替孩子避开前方风险
他想多陪伴孩子走好人生的路
但他忘却了
有些苦
孩子必须吃
有些路
孩子必须自己走

掸落尘埃

有一种淡雅
在你挥挥衣袖之间
掸落的尘埃
将苦涩甜蜜丝丝叠起
静听一曲清音
一生浮萍
把雪月风花
绘成月明风清

发现春光

当微风轻卷春光
岁月就在天地间变得柔软
当时光走进温暖
人间就在雁语间传递呢喃
百花俏艳时
春光的无限
就在你的发现

光阴深爱

一草一木是动人的情感
一粥一羹是柔软的篇章
和岁月深情告白
和光阴无限深爱
唯有
心中的你不可辜负
美好缘分不可错过

浮沉之间

命运多舛
几度沉浮
宁可清贫自乐
不可阔绰多忧
宁可三省吾身
不可得意自满
势不可使尽
福不可享尽

浮华云烟

面对眼前的浮华
贪图短暂的快乐
唯有
丰盈的心灵
渊博的才学
纯净的情感
才是
今生真正
享不尽的快乐

光阴嗟叹

我们时常去用
很长的时间
等待和寻找
我们常常去用
很短的瞬间
心动和喜欢
蓦然间
才发现
余下的光阴
只剩怀念和伤感

红尘里

在旖旎红尘里
车水马龙高楼林立
实则真正与我们
息息相关的
也不过是
那么几个人
那几颗真心

回眸

人生的故事
有千百种
每一种
都有各自的版本
回望灯火阑珊处
你会有感动
因缘际会时
你会留下温暖

一米阳光

我安坐在
尘世的一隅
一米阳光的温暖
映照在素色年华里
晕开了一丝浅浅的笑意
将暖香
缄默着珍惜
铺陈开来
我仿佛
拥有了世间的一切

生活减法

给生活

做个算术

除去生活身上的包袱

减去不快乐的因素

乘以真心的感情

加上亲人的问候

如此

才能轻松前行

锦瑟

生命
是一树绚烂的花开
是人生风景的锦瑟
那些放下或放不下的追逐过后
错过的已物是人非
留下的不过如此

经年

经年里
花依旧开
人已不同
经年里
景依旧在
心念已不同
用自己的温暖
赋予它美好
或忧伤的定义

灵魂

我常常
想追寻你的诗篇
仿佛是
一缕红尘里的青烟
仿佛是
一片世俗外的纯净
抑或是你
不羁的灵魂
如果此刻
可以倾听

陪伴

只因
人生短暂
每一天都是新的起点
每一天都是新的体验
脚踏实地过好每一天
守好做人的本分
高贵定会与你时刻陪伴

真正的朋友

许久没有你的信息
不经意
翻到了多年前的书信
薄的纸
草的字
记录你的千言万语
我想
真正的朋友
是一生的风景
我们各自忙碌
又互相牵挂
不用刻意想起
因为
从未忘记

交际圈

都市的街道

灯火通明

小酒店透散着

觥筹交错的光影

我们每个人

都有各自隐晦和皎洁

不用羡慕

别人的轰轰烈烈

不用羡慕

别人的简单平淡

交际圈

往往有遗憾和庆幸

回忆识海

回忆的心海
钩沉起心绪涟漪阵阵
回忆的识海
再也打捞不上的往事印记
多年以后
那个曾经熟悉的人
终会成为陌路过客

遇缘

又过了一年
感恩所有的遇见
奔赴山海间
谁遇见谁都是一场缘
情深缘浅
自知去留
自有定数
一直以平常的心态
珍惜

吞噬

偌大的城市
充满焦灼感的生活
川流不息的大街
呼啸而过的地铁
摩肩接踵的人群
压得我难以呼吸
仿佛自己要被吞噬
觉得人
如此渺小

挽留

你付出了全部努力
你掏心掏肺去珍惜
你用尽全力去挽留
却换来
恰如指缝沙漏般
一次又一次的
失败、冷落和伤害

当

当你以微笑的心
想到过去
当你以希望的心
向往未来
当你以宽厚的心
向下看齐
当你以坦然的心
向上看时
倏然间
你站在了
灵魂的最高处

纸短情长

岁月浅浅流淌
时光如梦霓裳
品尝岁月滋味
读懂纸短情长
若心安好
逆境之中乐陶陶
若心不宁
食甘饴难解其味

柔软心性

生命的意义
不止是
看花开
闻花香
赏花美
还要有
柔软坚定的心性
顶风抗雨的信念
历霜承雪的心志

生命吟唱

收到了
你发表在
时光的信笺
穿越心灵
惊艳了
岁月的篇章
摇曳在广袤的大地
温柔了
生命吟唱

修行

你走了
带着自信
开启了生命的修行
愿你
无惧艰辛跋涉
不怕苦难险阻
在尘埃落定的时刻
希冀迎来春暖花开

余生年华

岁月雕刻妆容

修心锻造内秀

何惧

逝年华

余生

愿我们每一个人

越活越好看

人生厚度

人生是一本书
封面是父母给的
内容是自己书写的
厚度
由本人决定
精彩程度
由自己创造

下落的时间

你要用
一种真实的方式
度过在手指缝之间
如雨水
如细沙
如剪影
如光阴
一样无法停止
下落的时间
那一刻
让生活教会你如何生活

正直的尊严

　　人生在世
　　最重要的事情
　　不在于幸福抑或不幸
　　而是不论
　　幸福抑或不幸
　　都要保持
　　做人正直的尊严

突然的自我

那时的我
除了年轻一无所有
现在的我
拥有了自信、智慧
拥有了阅历、信念
最关键的是
找到了自我

第二辑 灯下漫笔

深秋的夜
——小雪节气有感

深秋的夜
漫步在孤独的街头
秋叶零落
孤寂涌上心头
总有些东西
不因时间而荒芜
不因光阴而老去
我们不知道
下辈子是否还能遇见
今生努力把最好的给予对方
友情也好
爱情也罢

此情可待

我在等待
追忆每一段时光
我在回望
收藏每一份际遇
我在心底
感恩每一颗心灵
用心体味人生
赐予我们的种种经历
慢慢沉淀流年里
所有温暖的过往

暗香浮动
——记素珍表妹

这世界上
有这么一种人
初见时
波澜不惊
回首时
芳华内敛
远观时
朴素亲切
再细品
暗香浮动

陪伴
——街头散步有感

大山里的娃娃
渴望城市的生活
城市里的孩子
向往田间的野趣
孩子最终会成为
什么样的人
很大一部分
取决于
他从父母那里
所接受的爱
包括陪伴和榜样示范

信人生
——观莫奈名画《船》有感

暴风骤雨间

船的命运

在于漂泊

疾风迅雨中

帆的命运

在于追风逐浪

命运多舛时

人生的阅历

在于把握

信人生

方能青春无愧

岁月针脚

车站边

一对步履蹒跚的老者

相互搀扶着走来

阳光映照在他们的银发

如此矍铄

没有玫瑰的浪漫

海誓山盟的矫情

但爱早已被

细密的

岁月针脚

缝合成

一件贴身的衣服

墨香记忆
——参加尔雅集会心得

暮年的时光里

煮雨烹茶

焚香读书

细微的日常间

如此精致

赏石插花

临窗研诗

寻常的小事中

如此风雅

在智慧里

重拾那场

泛着墨香的记忆

今朝

公园的长椅上
鸟儿在鸣叫
猫儿在打闹
生活
在喜怒哀乐间
走走停停
不知道会遇见什么
只知道
阳光这么好
别辜负了今朝

看待

惊悉好友驾鹤西去
不免心头一紧
他是如此豁达
脸上从未书写过烦恼
世界很大
有时对于很多事情
我们都无能为力
谁的生活
都不是一帆风顺的
重要的是
你怎样去看待

留点空隙

快节奏的生活
让人无暇思考
键盘音的嘀嗒
让人无法停歇
给自己
留点空隙
驰骋在
没有尘嚣的世界里
这种愉悦
远不是物质的满足
它属于精神的奢侈

人生苦旅
——读余秋雨《文化苦旅》有感

人生
如一次长长的旅行
旅途中有坦途
抑或会有弯路
你得以平静的心态
去面对
挑战自我
执着向前
一如既往地
朝着目的地走下去
这场苦旅方得始终

花季梦想
——写给新疆天山姑娘

你背起行囊
从我的花房走过
留下银铃般的笑声
那是你
用肩膀撑起责任
用良心书写奉献
用汗水描绘人生
梦想的花季
都在为你绽放

一念

一念
春风化雨
再念
秋月冷寂
生命的过程
四季光阴的
繁华盛景
深藏着
你对
春暖花开的情意

越明年
——春运季有感

挥手间
送别自信从容
纵不舍
徒留远眺希冀
心祈愿
鬓白双亲安康
越明年
迎来骄傲背影

向前看

成绩单下来
儿子许久没说话
妻子不再唠叨
宽慰他向前看
不要回头
只要你勇于面对
抬起头
就会发现
此时的阴霾
不过是
短暂的雨季
以后
还有一片明亮的天
不会让你彷徨

小径

生活是条

蜿蜒在山中的小径

坎坷不平

沟崖在侧

摔倒了

要哭就哭吧

哭一场

并不影响赶路

反而平添一份自信

笑颜
——邻家喜添千金有感

选择了这个世界
就无处可躲
不如傻乐
不如喜悦
只有你
对生活笑
生活才会回你笑颜

你若

——读林徽因《你是人间的四月天》有感

你若爱

生活哪里都可爱

你若恨

生活哪里都可恨

你若感恩

处处皆可美好

你若成长

事事便可茁壮

不是世界

选择了你

是你选择了这个世界

信仰之跃

  静谧的教堂里
  是虔诚祈祷者的归宿
  阳光铺洒
  仿佛一念之间皆变
  仿佛一念之别皆允
  背负着的信仰
  向着最初的愿望
  源于内心的
  信仰之跃

偏安一隅

让漫无止境的忙碌
暂时得到
偏安一隅的轻松
让忍辱受气的心灵
暂时得到
风和日丽的怜悯
随心所欲地放纵一回
无忧无虑地
走过没有荆棘满布的一程

直播精彩

世界杯开始
你目不转睛地看着球赛
生命的所有时刻
仿佛早已凝结
在我眼中
真正的主角是你
要想这场直播演得精彩
每个人
都必须努力
去尽全力做一个好人

总在想
——参加禅意冥想有感

总在想
世界纯澈
却事与愿违
总在想
事情圆满
却不遂心愿
总在想
人心纯粹
却是一厢情愿

品茶

禅房清幽

扫来竹叶烹茶叶

山林空谷

劈碎松根煮菜根

蒲团围坐

从淡淡的茶味中

品得一丝甘甜

领悟平凡朴素

领略自有真趣

繁华落尽

见真淳

苦行僧

电话那头是无尽的惆怅
经营不善宣告关张
他曾是公认的成功者
创业艰辛如同一位苦行僧
此刻
可能只有他自己知道
通往成功的道路上
到底有多少
寂寞与不解

典当行
——参观上海元利当铺旧址有感

若有遗憾
让它随风而去
若有美好
就默默留存心底
若能典当
一份美好
我定要封存
丰盈的回忆
来温暖
余生的冷暖悲欢

风筝的心
——漫步苏河步道纪实

风筝随风摇曳

我抬头

看到蓝得发亮的天空

就那么一眼

风筝的心

再也无法平静了

她从来不知道

传说中的天空

会是如此高远

沉稳、纯净、迷人

涵养

一个人的涵养
不在心平气和时
而在心浮气躁时
一个人的慈悲
不在居高临下时
而在人微言轻时

节庆日

　　捧出阳光的心
　　与红旗
　　及红领巾
　　一起簇成瑰丽的花朵
　　装扮那个
　　属于我们的四季
　　点缀那片
　　属于我们的花园
　　馨香那份
　　属于我们的国度

失与得
——观话剧《活着》有感

人这一生经历
春的明媚
夏的绚烂
秋的萧瑟
冬的寒凉
才会明白
失去的是平常
得到的才是恩赐

惊喜
——儿子收到大学录取通知书有感

憧憬着美好未来
我想说
不管你曾经面对什么
那些曾经过往的坎坷
谱写了
你人生中最精彩的故事
会带来很多
你意料不到的惊喜

宽容
——观音乐剧《剧院魅影》有感

善与恶
恕与赎
源于你的心胸
并非你
活了多少年
走了多少路
经历过多少失败
而是因为你
懂得了放弃
学会了宽容

心灵静美

回到故乡
空气中芬芳氤氲
抓一把深情的泥土
看一片秋叶的从容
采一抹深秋的晚霞
在流年的浪漫里
将深秋的从容
开出
心灵纯澈的静美

路口等

从前
你骑车害怕
我说
娃，别怕
路就在前方
如今
你玉树临风
总宽慰我
爸，别急
在路口等你

明察
——阅读《人间词话》小记

一个内心
清静的人
往往可以明察
看穿
表面的浮华
看到
事物的本质
进而
对事物能
正确地判断和决策

人的品级
——阅读《菜根谭》有感

山的价值

不在于

峰峦叠嶂

水的重要

不在于

积水成渊

人贵九品

不在于

高低贵贱

而是灵魂干净

情愫
——游览燕子矶随笔

每一颗心
都有一份
无法替代的情愫
和某一道风景
永远关联着
人生的风景
是物
也是人

人心

楼上又开始了"干仗"
喧嚣夹杂着粗口
穿透薄薄的墙板
泄了进来
人心只有一颗
别用冷漠深割
幸福那么缺货
请别肆意挥霍
珍惜眼前人
能陪你
走到最后的
就那么一个

高低之间
——观电视剧《家有九凤》偶感

你若把

日子

过成歌赋鉴赏

那此起彼伏的旋律

低也赏心

高也悦耳

你若把

日子

过成穷山恶水

就发现不了

高山仰止流水诗情

高也坎坷

低也落寞

时间时节

这世界上
最无情的是时间
最珍贵的也是时间
它可以
体验一份感情的长短
也可以
见证关于誓言的传奇
时间是开拓者
前行的刻度
也是奋斗者
筑梦的见证
只要一直奔跑在
追逐梦想的道路上
都是人生好时节

守心如一
——观电视剧《中国式离婚》有感

飘雪的季节
等来了法院的一纸判书
她至今不解
当初守心如一的人
为何会如此决绝
很多人遍体鳞伤
却不懂示弱
不懂妥协
做熟透的稻谷
需要有
明锐的判断力
花开无声亦含香
叶落有痕也寻芳
简约朴素的守心
绽放善良和温暖的芬芳

第三辑 生活感悟

安暖

真正的懂
是无声的默契
是无私的眷恋
是独处的灵魂享受
不唯美但唯心
灵犀相守
安暖着灵魂

本色

平凡的美丽
没有奢华的
外衣包裹
只有心与心的契合
而这种美
也只在平淡中
彰显出它的本色
花器正是如此

必然

人生这趟旅途上
其实
无论你
走到哪里
无论你
遇见什么样的人
经历什么样的故事
都是必然

初心

人生一世
草木一秋
如果说
前半场是一种出发
那后半场就是回归
回归初心
回归根本

过槛

人生路上遇风雨
才发现
路必须自己走
苦必须自己受
生活路上有苦甜
伤必须自己舔
槛必须自己过

呼吸

时光越老
人心越淡
不乱于心
不困于情
不畏将来
不念过往
轻松地呼吸
这样就好

镜子

我是一面镜子
我的面孔
能照出
我是如何
忠实于父母
无论是
外表还是内心
与他们
是多么地相似

剧本

人生的剧本
不是你
父母的续集
不是你
子女的前传
不是你
朋友的外篇
生命中
最难的阶段
不是
没有人懂你
而是
你不懂你自己

面子

当你放下面子
赚钱的时候
说明你
已经懂事
当你用钱
赚回面子的时候
说明你
已经成功
当你用面子
可以赚钱的时候
说明你
已经是人物

清宁

去岁荷花犹在眼前
今年荷叶又田田
年华就在
轮回中
逐渐老去
心境就在
辗转中
滋长清宁

身影

有时候来到你面前
摇晃的
只是你的身影
能看见的
也只是你的身影
我不能
再次拥有你
只是你的身影
能看而不能拥抱

相遇

相遇的人
都是你的启示
每个人
都是你的镜子
在镜子中对照自己
因为他们都是
带着真诚
来与你相遇

向往

其实人
像树一样
越是向往
高处的阳光
它的根
就越要伸向
深深的土壤中

心寒

当热情变得冷漠
是因为心寒
当真心变得无情
是因为受伤
当善良变得沉默
是因为好心被辜负

学问

世事洞明皆学问
人情练达即文章
一个人
善良的本性
在于体现
智慧的才识
在于彰显

雪梦

雪有这样的魔力
她能将封存多年的记忆
一夕打开千里万里
整个世界
都是一片纯白
人走在雪中
如同走在梦里

野花

悬崖边的小草
不会因为
生存环境恶劣
而放弃生命
深山里的野花
无人欣赏
却依然芬芳吐艳

倚窗

你倚窗眺望远方
细雨在敲窗
逆着光
我举起相机
从你背后
拍下这一地的日光
看不清你
端庄的脸庞
如雨的思绪
随着日光
渐渐消散

岁朝

岁朝清供
清幽淡雅
淡中有味
清中有贵
它是
愈俗的良药
也是
人间的清欢
它寄托着
美好的祝愿
也体现着
生活的品位

岁月

岁月
一夕山水
季节转瞬即逝
所有在春天的遇见
在秋天都有了答案
匆匆而去的是过客
安静留下的是温情

握沙

生命本是一场远行
谁与你擦肩
你与谁相遇
谁与你并肩
你陪谁前行
握不住的沙
不如扬了它

心房

紧握时光的衣角
在晨曦的微暖中
做一次深呼吸
让阳光的味道
弥漫心房
让往后的岁月
明媚不忧伤

印记

再喧闹的城市
也有
最孤单的背影
那些快乐的时光
都会被生生地
嵌进年轮里
长成生命的印记

珍惜

不是每个擦肩而过的人
都会相识
也不是每个相识的人
都让人牵挂
每一种创伤
都使人
思索坚强
更懂珍惜

证明

如果感到迷茫
证明你还有追求
如果感到委屈
证明你还有底线
所有的成功
并不是一蹴而就
它或许会迟到
但绝不会缺席

总有

总有
一些人不好交往
一些事难以满意
一些路曲折难行
一些话无人可诉
一些梦无法实现
但生活仍要继续

第四辑 魅彩起跃

毛衣

毛线
纷繁而杂乱
织与不织
纠缠在一起
如思绪翻涌
裁剪着心情

毛球
紧实且规整
纺与不纺
如指上芭蕾
线针分合自在选择

毛衣
千丝又万缕

结与不结
传递着暖心的话语
如家的愁思
主宰着离别

毛线
拆了又绷
是否您
听到了
我归来的足音

毛球
圆了又松
是否您
触摸到了
我胸口的心韵

毛衣
织了又结
是否您

见到了
蒲公英捎来的问候

那黄昏的油灯下
是您
将爱意注入密实的针脚
那疲惫的双眼里
又是您
用缝补记录成长的足迹
那蹉跎的岁月里
更是您
教会了我用坚毅支撑起大爱的力量

千里万里的旅途啊
长不过这毛衣上的线
千言万语的叮咛啊
密不过这毛衣上的结
无论我走到哪里
母亲的体恤依然陪伴
那份留存的温暖
洒向天涯海角
编织起绚丽多彩的人生

相约

当东方的旭日
升腾出海天一色
沉寂的都市
伸一伸腰
缓缓苏醒
顷刻
欢乐的步履
奏出轻快的乐章
涌动的车流
绘出五彩的街景
当岁月的车轮
隆隆碾过身旁
穿越沧桑时光
申城展现崭新的容颜
纷繁华丽满铺彩霞

地下长龙呼啸而过
如风，如雷
高屋楼宇直指苍穹
如刀，如剑
歌剧院乐声弥漫
像进入天宫仙境
华夏儿女齐奋发
相约共建家园美

乡情

透过晶莹的目光
看到妈妈慈祥的笑容
清风徐徐
勾起我浓浓的乡情
每当离家的时候
耳畔回响的是串串风铃
那是父亲深情的叮嘱
柳絮婆娑摇曳
让我醉在乡音之中
父亲的爱
似巍巍耸立的高山
他的坚毅
指引着我克服困难重重
母亲的爱
犹如潺潺流动的小溪

清澈见底

洗涤着我受伤的心灵

乡音

难以忘怀

最难割舍

在这个温馨的时刻

和着芬芳馥郁的美酒

让我们为生活举杯

孟夏吟

夏天
携带着浆果的蓬勃生机
传送着四季的烂漫多情
绿荫葱茏
草木繁茂
芳菲四溢

夏日
散发着橘棕的浪漫气息
饱蘸着往昔的别样绚丽
缤纷灿烂
涌动飞扬
舞动激荡

夏雨
守候着梅子的不期而遇
沉淀着光影的活色生香
绿荷满池
风姿绰约
灼灼其彩

夏虹
奔腾着赤色的七彩祥云
交织出霞光的异花锦簇
惊雷闪回
甘露送爽
沁人心扉

夏风
裹挟着烈焰的暗香浮动
喷薄着激情的风卷云舒
轻舞摇曳
水墨烟云
花晕微醺

夏影

守护着心中的半帘幽梦

掩映着凄美的芳草葳蕤

一阕清词

把酒言诗

琴瑟香嫣

夏韵

承载着胜日的万千别离

品味馥郁的呢喃我侬

思念夜夜

星语绵绵

繁星点点

夏美

晕染着紫藤的美不胜收

盎然着浅浅的诗情画意

充盈喜悦

缱绻迷人

婀娜旖旎

夏梦
聚集着炽热的热情似火
希冀着生命的再续前缘
柔光含笑
满枝惊艳
舒展辉煌

追梦人

这是一条南湖驶来的红船
带着革命胜利的火种
镰刀和铁锤铸成了金色闪耀
伴着天安门慷慨激昂的宣告
中国巨龙横空出世

这是一曲春天传来的心声
带着改革开放的坚定
波涛和大海孕育了宽阔的胸怀
伴着座座高楼的拔地而起
中国巨变世界瞩目

这是一场继往开来的接力赛
带着科学发展的动力
歌声与微笑汇成了和谐韵律

伴着自强不息开创美好的明天
中国梦复兴之路

这是一声亲切的问候
表达诚挚的祝愿
播撒春天绿色的气息
开启崭新的一天
我以"党员示范车"的名义
周到服务，文明用语
更用真心真意履行誓言

这是一双遒劲有力的大手
表达真挚的情怀
掌舵生命前行的方向
迎着曙光全新启航
我以"党员示范岗"的名义
安全行车，规范操作
更用诚实守信践行诺言

这是一支流畅欢快的水笔

表达炽热的心跳
启动清脆响亮的发车信号
传达准时出发的声音
我以"党员先锋车"的名义
爱岗敬业，忠于本职
更用心系乘客服务大众

这是一副乌黑厚重的手套
表达纯朴的微笑
在电光四溅激越中升腾飞跃
汗水浇灌平安出行
我以"党员先锋岗"的名义
刻苦钻研，严格流程
更用艺高心细奉献全部

我们用最朴素的方式祝福您
伟大的中国共产党
您是一座屹立永恒的丰碑
记录着百年的上下求索

我们用最亲切的话语赞美您
伟大的中国无产阶级
您是一曲可歌可泣的传奇
奏响了百年的时代强音

让我们齐声欢呼
在党旗的引领下
我们前赴后继
奋勇前行
让我们放声歌唱
在党徽的照耀下
我们共同追梦
走向辉煌

山海情（组诗）

（一）龙虎山览胜
龙虎盘踞谓天成
芦溪玉带仙女岩
青黛染成千峰竞
叠翠如金美如画

（二）千山赋
遥望青莲若接天
千峰壮美仙人台
五大禅林香烟袅
东北明珠南海誉

（三）下龙湾游记
丹崖峭壁出芙蓉
鸥翔鱼跃映彩虹

龙宫探寻山面转
水晶宫里有奇幻
山岛竦峙水河澹
海上桂林美景览

平凡最美

风起了
你在栉风沐雨中定点值守
鲜艳的红旗映着晨光生辉
真诚奉献温暖人心
把安全信息准时送达
用和谐脚步演绎都市文明形象

雨来了
你在百舸争流中争分夺秒
绿色护考承载无数梦想
用优质服务打造品牌效应
文明礼仪吹遍申城条条通衢
为城市交通建设加油鼓劲

烈日下
你在城市穿梭中匆匆相遇
蓝衣马甲展现礼仪风范
文明礼让畅通关爱通道
疾驰的巨龙奏响城市节拍

热流中
你捋袖伸臂展现人类原始美
汩汩暖流涌动新生希望
为素昧平生的人搭起生命长城
红色爱心铸造一道人间彩虹

平凡最美
朴实表露发自内心微笑
收获精神的愉悦
金色阳光把博爱照耀每个角落
用热情双手助力心中的最美

苏河圆梦

你是一泓来自太湖之滨的纵贯线
托举起大唐盛世的荣耀
此刻我的耳畔传来了阵阵梵音
那庄严的宝刹和着万寿的钟声
元代的榫卯
唐代的石刻
无不传递着工匠们的神工雕凿
那升腾起的袅袅馨香
源于虔诚者对国泰民安的美好祈福

你是一眼来自母亲河的深情凝望
见证了车船辐辏万商云集的变迁
当我的手掌轻抚着创意园的外墙
吮吸着文化产业领域的新空气
信步走进那栋法式建筑

徜徉在艺术的魅力天空
由成千上万块积木打造的亲子天地
成为和谐家庭的默契天地

你是这座城市不灭的长夜明灯
承载实业救国海纳百川的不凡气度
看着胸前的金色党徽
星火沪西的号角仿佛再次响起
英勇的光辉激励我们赓续红色血脉
那两层的红砖小楼
写下了"工人为天"
点燃了人民解放的火种
激荡着马克思主义的思想光芒

你更是一抹衍射着七彩的祥云
记录着建设者拼搏的印迹
生生不息的苏州河
勃发着生命的绿色
当一群聚焦电竞二次元新文创的年轻人
齐聚 ESP 峡谷市集

激光通道穿透玫瑰金阶梯

成为闪耀热爱的主场

跃升成为网红博主新宠的打卡地

她慷慨地赐予了二十一公里的海岸线

十八道河湾天然串联起的座座地标

勾勒出薪火相传的历史文脉

开启了工运之源的全新航程

半马苏河

见证了中华民族工业的方兴未艾

见证了中国工人运动的风起云涌

见证了中国工人阶级的砥砺前行

侧耳聆听来自青春的呼唤

银锄湖里的轻舟荡漾

铁臂山上的遥相呼应

海洋馆里的科普奥秘

图书馆一"桥"飞架

公共空间的贯通

让人们享受到了满满的幸福感

如今

当你漫步在苏州河畔

体验着历史与潮流的碰撞

感受着艺术自由生长的新生

一场水岸联动的底蕴之美正徐徐舒展

苏河圆梦

精彩熠熠

春天的问候

不再遭受风雨的阻挡
归家的心情如此豪迈
春联、窗花,包饺子、蒸年糕
震耳的爆竹把声声喜讯送到

不再把孤寂的夜空留给苍穹
神舟的到访令月球熠熠生光
飞天、登月、漫步太空
震耳欲聋的欢呼响彻浩瀚寰宇

不再有语言肤色的阻隔
同一个梦想汇聚五环旗下
圣火、拼搏、无上荣光
和平的心愿把地球人连成一家

当我们走进新纪元
一声来自春天的问候
让我采撷一颗平安星送给你
愿你牛角挂书勤奋向上
美满人生抒写新意义

当我们畅想新纪元
一声来自春天的问候
让我献上一颗世博星送给你
愿都市气壮如牛活力无限
东方之冠傲领全球新聚焦

当我们祈福新纪元
一声来自春天的问候
真心捧上一颗和谐星送给你
愿国运昌盛如壮气吞牛花似锦
成为百年梦圆的雄心壮志

青春上海

那是一声发自海平面
最亲切的问候
潮起浪花
唤醒大都市黎明晨曦

那是一束源自天际线
最柔和的光芒
回荡的钟声
记录劳动者繁忙的身影

那是一幅凝聚几代人
最匠心的蓝图
无数梦想
化作新时代真实记忆

那是一双勇敢先行者
最明亮的慧眼
远见卓识
镌刻领路人不朽豪情

我们不曾忘却
是你
伴着改革的洪音
勇立潮头，关注民生
为城市建设发展殚精竭虑
"九四专项"报告春天的讯息

我们不曾忘却
是你
锐意进取的拼搏
开发浦东，招商引资
为提升综合实力夜以继日
多元融资书写不平凡的业绩

我们不曾忘却

是你

敢为人先的奋发

建造赛场，精彩世博

为探索投资模式争分夺秒

四项职能注入无尽的活力

我们更不曾忘却

是你

海纳百川的胸怀

升级产业，集聚资源

为资产质量提升并驾齐驱

体育盛事聚焦全球的寰宇

你带着上海的速度

来了

风驰电掣

马达轰鸣

红色旋风画出惊艳弧形

你带着上海的跨度

来了
盛装舞步
优雅风姿
蓝天一跃定格遐想无限

你带着上海的热度
来了
挥汗如雨
永不放弃
绿茵记载无数大师身影

你带着上海的气度
来了
挑战极限
真我风采
黄金联赛点亮璀璨华年

你带着上海的广度
来了
百年外滩

再展新姿
白云映衬春江流光溢彩

经年的栉风沐雨
你以服务上海更美好为使命
精品形象，励精图治
成为持久发展的核心动力

数年的春华秋实
你以满足公共服务需求为目标
精准制度，长治久安
成为品牌涌动的不竭源泉

常年的绿映春晖
你以"四位一体""两翼支撑"为战略
精确标准，与时俱进
成为众星璀璨的有力保障

累年的砥砺前行
你以优质的服务型企业为愿景

精细管理，行稳致远
成为心手相连的命运同体

积年的不忘初心
你以中流击水奋楫者进为信念
情贵于久，功成于事

让我们携手
以友善的名义
去采撷春天最美丽的花束献给您
青春上海，生生不息

让我们携手
以敬业的名义
去收集夏日最甘甜的清泉献给您
青春上海，与你前行

让我们携手
以诚信的名义
去捧出秋天最醇厚的佳酿献给您

青春上海，铸造传奇

让我们携手
以和谐的名义
将冬日最温暖的阳光献给您
青春上海，无上荣光

拉格比畅想曲

一场特殊的比赛
即将在操场鸣锣开赛
一面鲜艳的五星红旗
飘扬在广袤无垠的莎车大地
飞扬在大西北边陲小城
飞扬在三千年历史丝绸之路的要塞

一位怀揣梦想的国家队体育健儿
得知招募体育老师驰援新疆的讯息后
重新燃起奋斗的激情
一个想法萌生在他心头
他主动请缨加入队列
毅然踏上西去的征程

一双双渴盼的双眼

终于见到了这位叫姜楠的老师
他耐心讲解摸爬滚打亲身示范
一张张红扑扑的笑脸
是孩子们向老师表达由衷的感谢
从基本规则到战术战备现场传授
娃娃兵们的刻苦勤奋让老师动容

求助，训练用球不够
求助，训练队服紧缺
求助，求助，求助

经过姜楠的不懈努力
中国橄榄球队协会有了回复
上百只橄榄球火速空运
周浦实验学校有了回应
无偿援助二百多套训练服
整装待发

五十人的球队合成出发
两百人的兴趣小组组队

开始闪耀
在莎车三中的操场上
闪耀
在震天撼地的训练中

碰撞、击倒、站起来
绿茵场上记录了拼搏的汗水
跑卫、线卫、四方卫
沪疆同心期待成功的来临

玉兰芬芳、格桑吐蕊
东海之滨的情谊心连心
为党育人、为国育才
流淌着血浓于水的民族一家亲

在艰苦中磨炼卓越的意志
在快乐中培育伟大的精神

拉格比畅想曲
升腾在首届锦标赛的告捷里
升腾在援疆志愿者满满的情怀中

遨游彩虹鱼

深海一望无际
挑战孤独前行
下潜四千米
全海深海试
无人深潜器
泅开新篇

深渊遥不可及
"张謇号"深海首航
下潜四千八百米
科考母船
海上丝绸之路
首航功成

深夜天水一色

"沈括号"抵达站位
下潜八千米
西太平洋海试
全面展开

深沟触底反弹
南极直抵北极
一万一马里亚
完成科考之旅
世人瞩目

水下超跑
深渊探秘
无数个技术难关
无数次深海试验
共享共创共赢

海洋信息科技
海洋高新材料
海洋装备精良

海洋生物医药制品

海洋战略

四大产业

铸就新兴产业平台

有梦想

谁都伟大

米的欢歌（沪语）

来来来　小伙伴
今朝话题交关多
讲讲阿拉一粒米
啥？一粒米有啥稀奇
侬伐要小看一粒米
工序复杂不容易

春天播种忙插秧
夏天浇灌防病虫
秋天收割来脱粒
农民伯伯汗水洒
才有喷香大米饭

个么我是一名学生
又没多大饭量额劳

哈哈，侬错了
提倡节约人人守
让我细细告诉侬

上学堂背书包
面包点心要带好
吃伐特带回去
千万不要随手丢

到食堂适量取
一粥一饭不浪费
吃伐特少装点
光盘行动作榜样

到餐厅伐攀比
荤素搭配有营养
吃伐落麳硬撑
浪费粮食最可耻

节约是美德

节俭是风尚
阿拉侨要来争当
利国利民有担当

阿拉侨要来争当
利国利民有担当

魅彩在风中起跃

你宛若长空中闪烁的恒星
把浩瀚的苍穹装扮得分外妖娆
你恰似春雨后炫目的彩虹
让平素的大地弥散着无尽的活力
你闪动着丝样般美丽的姿彩
把时尚的敏锐延伸、传递
你透散着少女怀春般的心韵
让生命的华彩璀璨
你来了,带着款款深情走向我
你来了,带着绰约风姿走向我
是你,引领着我置身于音乐的天堂
在视觉的饕餮盛宴中
揭开了魅影神秘的面纱
是你,牵伴着我步入爱情的圣地
在缠绵跌宕的情节中

穿越了"爱"与"恕"的空间
让魅彩在风中优雅起跃
让心灵在激荡中美丽呈现
我钟情于你的色彩
因为你卓尔不群，姿彩绚烂
我钟情于你的光泽
因为你流光溢彩，魅影无限
我们更钟情于你的追求
你的不懈奋斗铸就永恒的超越
让我们翘首期盼你的孕育新生
让我们倒满丰收的美酒
为明天举杯！

有爱,不灭的希望(组诗)

(一) 马背医生
那一年的冬天特别寒冷
苍白无助的姑娘
缓步走进乌恰医院
子宫大出血情况危重
怎奈土坯医院没建血库
是你
毅然撸起自己的衣袖
注入汩汩热流
柯尔克孜少女转危为安
而你
却晕倒在医院的角落里

那一年的除夕令人难忘
两岁的买买提不慎扑入火堆

高达百分之五十的烧伤面积
孩子痛得哇哇大哭
一连十多天的奋力抢救
却换来父亲冷漠以对
又是你
将自己注射麻醉
从身躯取下十三块皮肤
为孩子植入希望
小买买提绽放笑脸
你却累倒在手术台前
人们记住了这个叫吴登云的白衣圣人
而你却说自己是一名马背医生

(二) 黑夜煤灯
她是出生在清河镇的
第一个女娃
十九岁定格了痛苦的记忆
双亲的离世让她无比伤痛
照顾六个弟妹成了生活全部
善良和坚毅使她挺起脊梁

野菜充饥拾柴取暖

生活艰苦却无法阻止前进的脚步

面对亚合甫三名孤儿

她毅然揽入怀中

因为淋过的风雨

更加懂得有伞的滋味

因为生活的刀枪

更加懂得铁壁铜墙

从一个到一百八十个

从一丝希望到全部的期望

她用母爱抚慰受伤的心灵

她的恩情铭记在每个孩子心中

别人赞美叫她阿尼帕妈妈

你却称自己是一盏照亮黑夜的煤灯

(三) 杏花姑娘

这是一则来自昌吉的报道

年轻小伙命悬一线

他渴望活着的希望

更渴盼有缘人的助力驰援
这是一位法学院八零后女孩
她投身公益事业三百八十多个小时
看着求助信息心潮起伏
征得父亲同意来到医院

这是一个斩钉截铁的决定
源自配型成功后的喜悦
看着病榻前面无血色的青年
姐弟之情久久回荡在心间
这是一场史无前例的医学手术
跨民族非亲属活体肾移植取得成功
创造了医学史上的奇迹
维吾尔族小伙获得第二次生命

这是一声真挚的感谢
来自乌鲁木齐各界雪花般的问候
无私博大的胸怀
战胜了世俗的一切猜忌
扶危济困彰显人性的光芒

人们记住了这个叫王燕娜的汉族团支书
而她却说自己是吐尔根的杏花姑娘

（四）石榴花开
让我掬一捧来自傣族的清泉
作为志愿者最好的褒奖
让我举一把来自彝族的火种
作为建设者前进的方向
让我采一束来自侗族的杜鹃
作为劳动者付出的回报
让我献一条来自藏族的哈达
作为创业者圣洁的荣光
各民族团结互助共和谐
向着同一个梦想进发
五十六颗金石榴紧紧相连
高擎起复兴伟业的图腾
有爱，不灭的希望

马兰花盛开的地方

五十二年前的一天
你从闽东风景秀美的咏春走来
怀里揣着干粮、水,还有你的梦
毅然踏上西去的征程

远方的沙丘之上
骤然间嘹亮的军歌唱响
大踏步地
走来了一群热血男儿
那响彻云天的歌声与豪气在大漠回荡

你们的到来
让整个大漠
重新成为生命与灵魂的一种拷问

胡语、烈酒、琵琶散落在沙漠的表面
只是一层千里的风霜
而你们到这里
是要铸造保卫祖国的倚天长剑
刺向更远的苍茫

共和国不会忘记
罗布泊一声巨响
乌黑的蘑菇云遮蔽天空
敬爱的周总理兴奋自豪地振臂
向全世界庄严宣告
中国原子弹爆炸成功

那一刻
我们一起欢呼雀跃
那一刻
我们一起相拥而泣

马兰基地的月亮格外明亮
见证了我俩的爱情

那紫色的马兰花在戈壁的风中摇曳
为我俩送来了祝福

那一刻,我们相拥着向祖国立下誓言:
我们的青春和理想在这里
我们的事业在这里
我们的生命也将永远定格在这里

当你癌症晚期被确诊
你拒绝了我们的手术方案
拉着我的手坚定地说:
请告诉我
我还有多少时间
我要工作
我必须工作

在你生命的最后一天
为了整理电脑中那几万份机密资料
你一连九次要求下床工作
你还说:不能躺下

躺下就再也起不来了

你呀,宁可透支生命
也绝不辜负使命
你要工作到生命的最后一刻
工作到生命的最后一刻

你在弥留之际还在喃喃自语
是否在说:大漠,烽火,马兰
是否在说:大雁,胡杨,春天

将军啊,你是否又站在了大漠的尽头
因为那里的一切,已经俘获了你的身心
是你和你的战友
使濒临绝望的大漠
获得一种永恒
获得一种壮美

马兰小院儿的草长高了
马兰小院儿的杏成熟了

那紫色的醉人的马兰花正在盛开
爸，记得小时候
你把我寄养在亲戚家
每次你和妈妈来看我
临走时我都紧紧拽着你的衣角不肯松手
你总是说很快会来看我的
可是这个"很快"对我来说是多么漫长啊
冬去春又来
一路马兰花儿开
爸，我想你……

今天，你又回到了这里
这令你魂牵梦绕的地方
这是你热爱的土地啊
实现了你那么多的梦想
老林，我真为你感到骄傲和自豪

你为祖国奉献了全部
你是感动中国的英雄
敬礼，共和国的脊梁！

筷箸乐　享寰宇

建党百年普天庆
航天事业捷报传
无数不眠之夜日
只为今朝开新篇

酒泉中心气氛凝
神舟十二等指令
时间倒计点火起
载人飞船腾空跃

严丝合缝对接准
宇航出舱慢步行
空间生活亮点多

湖南小伙汤洪波

吃播视频全网火
各种萌态齐亮相
飘吃夹菜"筷"似燕
头下脚上"筷"意显
转着圈圈"筷"身手
侧躺地上"筷"乐欢

筷子太空遨游记
此行实在不简单
盛世赓续建伟业
祖国蓝天大情怀

一滴水的坚毅

　　一滴来自上天的珍珠
　　涌入大海
　　泛起层层涟漪

　　一只羽翼丰满的巨鸟
　　落户滨海
　　滩涂熠熠生辉

　　我抬起头
　　吮吸着
　　来自东亚季风的
　　问候

　　我端详你
　　轻抚着

大师匠心雕琢的
佳作

凭栏远眺
品读
水涛的情怀

岸边踱步
聆听
水天的胸襟

苍穹天地
记载着二十载的
创业艰辛

一滴水的坚毅
凝聚成滔天的
生命之歌
勃发生机

前行的方向

每天清晨
我们用繁忙的劳作
迎来申城的曙光
伴着夜色
我们用温馨的话别
目送都市的晚霞

一米
一公里
一万公里
我们都全神贯注,聚精会神
这就是我们公交人

那人
那辆车

那百万乘次

我们都兢兢业业,不畏艰难

这就是我们的工匠精神

每旬

每季度

每年赓续的历史

我们都不忘初心、牢记使命

这就是我们的公交梦

这就是全心全意为人民服务的宗旨

看,千余条公交线串起了城市脉络

每一条线路,我们都千方百计、竭尽全力

听,万多辆公交车传来了百姓欢笑

每一份付出,我们都在用心守护、用情服务

多少年的春华秋实

多少天的寒来暑往

始终把人民的安危记挂心头

始终把市府的关心落到实处

十万公交人

用爱岗敬业践守着不变的承诺
我们是城市交通的安全卫士
我们是快捷出行的忠诚卫士
我们更是绿色上海的平安卫士

前行的方向
这就是我们的骄傲
前行的力量
这就是我们的责任

爱的箴言

他钟情于红色
如朝霞喷薄而出的光晕
我也钟情于红色
如中国馆前迎风招展的五星红旗
那高挂的灯笼伴着升腾的礼花
闪耀着东方之冠炫目多姿的色彩
上岗时我佩戴的臂章是红色的
那是荣耀和责任的集结
那更是饱含着大家的殷殷嘱托
我自豪
百年世博
青春闪亮

他钟情于蓝色
如大海潮起澎湃的心脉

我也钟情于蓝色
如矗立在欧洲馆区高耸的大桥
那矫健的雄姿横跨浦江两岸
展现着东方之都特有的名片
值勤时胸前闪烁的徽章是蓝色的
那是团队和力量的凝聚
那更是蓝之鹰守护园区翱翔的身影
我骄傲
百年世博
无上荣光

他钟情于绿色
如青藤勃勃向上的动力
我也钟情于绿色
如文化中心馆区奔腾不息的车流
顺畅通达却又井然有序
传达着低碳环保健康出行的理念
行驶园区的通勤车是绿色的
那是拼搏和智慧的结晶
那更是安全、快捷、平安的代言

我高兴

百年世博

生生不息

他钟情于紫色

如霓虹梦幻闪烁的魅影

我也钟情于紫色

如宝钢大舞台散发出曼妙的歌乐

激情荡漾在此起彼伏的人海

拉近了世界文化交流的距离

通往园区的证件和吊绳是紫色的

那是执着和坚守的化身

那更是挥汗如雨、挥洒豪情的记忆

我幸运

百年世博

浪漫装点

他钟情于白色

如阳光谷高耸云天的巨伞

我也钟情于白色

如世博轴连接的长长的步廊
那张开的双翼拥抱四海宾朋
呈现着中华文明的绚烂与豪迈
每个站厅里指路牌是白色的
那是信任和幸福的问候
那更是真诚服务、真情奉献的表现
我感慨
百年世博
舒展情怀

走过一百八十四天
历经风雨的洗礼
我们茁壮成长
走过一百八十四天
褪去初始的生疏
我们百炼成钢
人生能有几回搏
为了成功世博
我们携手创造
为了精彩世博

我们共同走过

牢记这爱的箴言
今天我们举杯相约
分享喜悦豪情满怀
明天我们开启航程
信心百倍扬帆远航

玉石香的灯光

一则来自上海的最新报道
深深映入姑娘米吉提眼帘
得知上海同胞物资紧缺
她萌生要慷慨解"馕"

一份来自合作社的热切倡议
迅速在波斯坦铁列克乡播散
人们朝着居鲁克巴什村
同一个方向集结
要用双手创造打馕业新的奇迹

一束来自合作社现场的灯光
照亮了乌恰县夜行的人们
驰援助力的消息如插上了翅膀
飞遍了疆域辽阔的土地

各族干部群众纷纷请缨

来了
从一人到三百多人
爱心志愿者的队列延续再延续
来了
从鲜鸡蛋到骆驼奶
爱心捐赠的物资增多再增多
来了
从一小时到三十六小时持续作战
打馕室里挥汗如雨
希望的火苗在烤箱里升腾再升腾
来了
从一吨到一百吨重型卡车
爱心企业承担运费
出征的勇士们早已
整装待发旌旗猎猎

盼望着，盼望着
液力马达的轰鸣声渐渐近了

期盼着，期盼着
帕米尔高原的专车加速来了
满载着新疆同胞的深情厚谊

从天山南麓到长江入海口
十万只星夜赶制的营养馕
是如此金光闪闪
从祖国西陲到东海之滨
五千公里的马不停蹄
是如此厚实沉甸

收下吧
这是乌恰牧区百姓的赤诚之心
收下吧
这是边疆儿女深情的温暖之旅
玉石香合作社的灯光
是如此温暖
记录着一方有难八方援的壮举
昆仑山脉石松彩花的花香
是那样沁人心脾

凝结着团结一家亲的民族豪情
勠力同心手牵手
再谱沪疆共建新篇章

思念的雪

上海下雪了
纷纷扬扬漫天飞舞
压在了房顶
也压在了我的心头

我知道
那片雪来自石河子
来自贫瘠的盐碱地
浇水排里朵朵盛放的棉花
是对您辛劳的奖赏
有着您艰苦付出的真实写照

多少次
您渴望再回故里
抚摸那参天的白杨

和洒满汗水的沃土
战天斗地的青春
镌刻一代人的身影
无数次梦中回望
落在了枕边无尽的思念

上海下雪了
轻轻巧巧落地无声
湿润了树枝
也湿润了我的双眼

我知道
那片雪来自万春街
来自弄堂里的康家桥
袅袅升起的煤烟
出品的永远是您可口的饭菜
排排满树的衣架
晾晒出阳光般温暖芬芳扑鼻

多少次

途经武宁南路
您总是深情凝望
丢牌子、取水、雨天拷浜的日子
已然一去不回
无数次梦中记起
落在了光阴岁月里的追忆

上海下雪了
皑皑白雪飞花入眼
笼罩了苍茫四野
也笼罩了我的胸膛

我知道
那片雪来自纵横街衢
来自川流不息的马路
春洒希望、夏顶烈日
秋扫落叶、冬除寒冰
清道班里常常闪现繁忙的身影
一人脏换来万人洁

多少次

您看到鱼贯穿行的扫街皇

听到音乐悦耳的洒水车

您总是欣慰地笑

感叹现在真好

眼神落在了夕阳的余晖里

无限的眷恋

上海下雪了

风卷残雪北风呜咽

粉碎了温暖

也粉碎着我的心绪

我知道

那片雪化作沉沉的哀思

寄托着我无限的悲痛和忧伤

心中的祭奠

伴着青烟的升腾

回旋，回旋

多少次

离别的场景那样遥远

转瞬间痛彻心扉的离散

来不及呼唤您最后一声,妈妈!

抚摸着您生前编织的毛衣

续存的温暖让泪水喷涌不止

太多的遗憾

化作雪花的飞逝

告慰天堂中的您

无数次梦中见面

落在了阴阳两隔的笑靥

上海的这场雪

无比思念

在朗赢的空中飞翔

一群志同道合的年轻人
相约在散发墨香的恺松书房
朗赢之旅缤纷起航
诵读经典
遇见美好
传承文明
成了你的使命担当和践行承诺
一切来自你的力量之源

一封来自俱乐部的邀请函
开启了名家荟萃的序幕
金声绕梁声声入耳
解析文本
诗文音律
沪语朗读

传递着你的公益奉献和智慧结晶
一切来自你的声音之源

一场丰富多彩的诵诗汇
牵动着会员们的勃勃心脉
你方唱罢我登台的喜悦之心
梨园芬芳
游戏互动
高潮迭起
久久洋溢在会员们的笑脸
一切来自你的欢乐之源

一句亲切幽默的吐槽话
自黑自嘲麻辣调侃
令全场爆笑集结
商业尬吹
犀利幽默
交友空间
最强卡司轮番登场
一切来自你的搞笑之源

一抹诗韵禅意的明亮色

汇聚在冬日江南和煦的雅集里

沉醉千年的自然馈赠

莲步轻移

婀娜娉婷

动静皆宜

嘴角上扬的微笑

一切来自你的自信之源

一篇每日诵读的短文中

云集了无数对生命的追问

表达着直抒胸臆的语境

诗句摘抄

自创美篇

叩问心灵

让清晨的美好

从此刻舒展延伸

一切来自你的朗赢之源

今天
我们欢聚豪迈
让梦想散发理想之跃
让歌声穿越心声之巅
让美颂再创歌颂之光
用你我的真情
在朗赢的天空
飞翔，飞翔

后　记

一座城，住着两个相守的人；

一句话，心累时能够同自己所爱的人讲；

一杯茶，一起穿越那些暗淡旅途的迷雾时光……

也许，生活总是在给予中收获，付出后拥有。如同苏武在《留别妻》中所写"结发为夫妻，恩爱两不疑"和"努力爱春华，莫忘欢乐时"，字里行间提醒今人要倍加珍惜现在幸福的每分每秒。

1964年，我的爸爸妈妈作为知识青年主动报名参加了新疆生产建设兵团，分别被编组在石河子133团炮连和2连"浇水排"，主要从事棉花的采摘种工作。在那个艰苦而贫瘠的年代，他们相识相爱，在连队指导员的见证下举行了简朴的婚礼，婚后第二年（1972年）生下了我。由于母亲缺乏营养，加之妊娠反应大，还未满30周的我就呱呱坠地了，随后母亲就喜忧参半了。

五月的北疆正处于化雪期，异常寒冷，连队平日的供给都很不正常，更别说想吃到奶粉了。幸好在南疆伙伴们的援助下，我熬过了最冷的时节。但是，刚满半岁的我又患上了支气管炎，万般无奈之下，父母决定把我送回上海，拜托外婆抚养照看。临上火车前，母亲连着三夜未合眼，为我编织了人生中的第一件毛衣，并央求外婆到我一周岁的时候，拍张照片寄给她。行进的火车风驰呼啸，襁褓中的我在素昧平生的叔叔、阿姨们七天轮番照顾下平安到达上海，并由指导员阿康亲手交给了位于泰兴路的外婆家。后来，他还给我拍了张周岁彩色照片留念。

如今，照片依然珍藏在我的相册里，每每看见这张照片，那件淡绿色的毛衣依然传递着满满的母爱。孩提时代我只要想妈妈了，外婆就会拿出这张照片。20世纪80年代初，上海知青推行"双顶政策"（即爷爷和外婆同时退休），母亲带着弟弟回到上海，我们全家终于得以团聚，并在万春街安家落户。以后的日子虽然拮据，但母亲每年都会为我们兄弟俩编织毛衣。六年前，母亲接到新疆地区的来电，告知当年送我回上海的指导员阿康不幸去世了，母亲当场泪流满面，我也由此得知这段尘封已久的故事。

毛衣的故事在我心中萦绕回荡，当我第一次有幸参加久事集团公司举行的首届职工艺术节时,我以这段故事为蓝本创作了诗歌《毛衣》并深情朗诵后,感动了在场所有的评委和选手,并最终获奖,为我打开了人生的全新历程。

2002年4月22日,那是个久雨初晴的早晨,我正面临经济管理本科入学考的最后一场考试。今天注定是不平常的一天,因为妻子经纬已到了"十月怀胎,一朝分娩"的关键时刻。为了让我能安心应考,我临考前,她住进了上海市普陀区中心医院,并再三叮嘱我不要分心。我明白,今天走出考场后,我又将步入另一个"人生考场"。

八点多,父亲打来电话告知医院的初步安排,考虑到腹中胎儿已超过预产期,为安全起见,医院准备在下午实施剖宫产。听完父亲的"传达",我心如刀割。此时,妻发来短信,只简短一句:"加油!老公,我和宝宝听你的好消息!"看完短信我感慨不已。九点整,开考的刺耳铃声催促着我不容多想,深呼一口气,步入考场。

这是我迄今度过最为短暂的一小时!我与时间赛跑,拼尽全力完成了考卷中的所有题目,第一个奔出了考场，连日来积郁在心头的压抑荡然全无。一路上，脑海中闪现出与妻携手共度的风风雨雨，此刻我真想立马"飞"到她的身旁，想对她诉说，更想感谢她使我品尝到了幸福的感觉。

上午十一点半，我到达医院时早已满头大汗，妻子一边为我擦拭额头的汗，一边安慰地说："不着急，我和宝宝好着呢！"

一小时后，医生向我交待了一些迎接宝宝诞生要准备的生活用品和手术中可能面临的风险等。我在家属栏签完字后，妻在下午一点进入待产室开始了局部麻醉。等在手术室的过道长廊里，被忐忑、惶恐、焦虑、兴奋的心情裹挟着，我无暇思忖生男还是生女，只求上苍保佑母子平安，期许在人生考场中能得到圆满。

这是我所经历的生命中最为漫长的一小时，最终以母子平安画上了圆满的句号。此后的生活中，诗歌成了维系家人情感的良药。我先后创作了《惊喜》《路口等》《向前看》等诗歌作品，寄予儿子勇毅前行、不畏挑战；儿子朱骁伟在文学创作上也小有收获，在第十七届青少年冰心文学奖评选中，他撰写的散文《不"白"辛苦》荣获了金奖；爱人经纬的作品在"我的城市，我的河"

2022年长三角市民写作大赛中荣获优秀作品奖；我们全家也被普陀区真如街道授予"最美家庭"和"学习型家庭"的荣誉称号。

我从小酷爱文学，在我眼中，诗歌最能抒情言志。它用高度凝练的语言，生动形象地表达作者丰富的情感，它伴随着我一路成长。

1994年，我参加了上海人民广播电台征文活动并获奖后，笔耕不辍，先后在第六、七、八届上海市民诗歌节原创诗歌作品征集中多次获奖，并在2022年度"第三季诗风中国"大赛中，凭借《时代心·七彩梦》力挫群雄斩获金奖。

长期以来，我爱阅读、勤观察、善于从日常生活中捕捉创作灵感，秉着"博观约取、厚积薄发、细微书民生、枝叶总关情"的创作心态，努力将诗歌写作朝着"质朴感人、贴近时代、催人奋进"的方向发展。

此次出版的诗歌集《盛放的樱花》收录了本人三十多年来创作的诗歌作品。在出版过程中，我得到了上海社会科学院出版社陈磊老师的悉心指导，得到了上海市普陀区作家协会领导的关心与辅导，上海市作家协会创作联络室副主任和诗歌委员会副主任、上海诗词学会副会长杨绣丽老师百忙中为诗集指导并作序,上海民间文艺家协会故事专委会主任、《上海故事》总编方红艳老师为诗集出版尽心尽力,在此深表感谢。同时还要感谢在成书过程中给予驰援和鼎力相助的各位老师们,让《盛放的樱花》绽放美丽!

朱 杰

写于 2023 年 4 月 23 日 "世界读书日"

图书在版编目(CIP)数据

盛放的樱花 / 朱杰著 . — 上海 : 上海社会科学院出版社，2023
 ISBN 978-7-5520-4190-3

 Ⅰ.①盛… Ⅱ.①朱… Ⅲ.①诗集—中国—当代 Ⅳ.①I227

中国国家版本馆 CIP 数据核字(2023)第 131221 号

盛放的樱花

著　　者：朱　杰
绘　　图：朱骁伟
责任编辑：邱爱园
封面设计：周清华
出版发行：上海社会科学院出版社
　　　　　上海顺昌路 622 号　邮编 200025
　　　　　电话总机 021-63315947　销售热线 021-53063735
　　　　　http://www.sassp.cn　E-mail:sassp@sassp.cn
排　　版：南京展望文化发展有限公司
印　　刷：上海颛辉印刷厂有限公司
开　　本：787 毫米×1092 毫米　1/32
印　　张：6.5
插　　页：1
字　　数：91 千
版　　次：2023 年 8 月第 1 版　2023 年 8 月第 1 次印刷

ISBN 978-7-5520-4190-3/I·500　　　　　　定价：58.00 元

版权所有　翻印必究